So klein

Du auch warst, Du hast tiefe Spuren in unseren Herzen hinterlassen.

Dein kurzes Dasein hat uns für immer verändert.

Wir vermissen Dich sehr, und sind doch glücklich über das große Geschenk, das Du bist.

Wir fragen uns, wer Du gewesen wärst, und wissen doch, wer Du bist.

Danke für den kurzen Moment, den Du mit uns geteilt und in dem Du unsere Leben bereichert hast.

Dieses Erinnerungsalbum ist in Liebe

____

gewidmet.

Bibliografische Information der Deutschen Nationalbibliothek

Die Deutsche Nationalbibliothek verzeichnet diese Publikation in der Deutschen Nationalbibliografie; detaillierte bibliografische Daten sind im Internet über http://dnb.d-nb.de abrufbar.

Danksagung

Ich danke Karolin Stock, die nicht nur für ihren Sohn Felix, sondern für alle Sternenkinder die wundervollen Bilder zu diesem Buch beigetragen hat.

Ein Wort vorab

Dieses Album ist geeignet, Eure Erinnerungen schriftlich, im Bild und durch andere Erinnerungsstücke für viele Jahre festzuhalten. Da das Album für fehlgeborene Babys verschiedenen Alters gedacht ist, wird es eventuell Rubriken geben, die Ihr nicht ausfüllen könnt. Vielleicht finden sich Möglichkeiten, trotzdem zu vermuten oder nachzuholen. Die Widmungsseite verzeichnet den Namen Eures Babys. Da Ihr vielleicht (noch) keinen gewählt habt, so könntet Ihr den Kosenamen verzeichnen, einfach ‚unserem ersten Baby' oder ‚unserem geliebten Kind' schreiben.

Es ist zu empfehlen, für die Eintragungen einen guten Fineliner zu benutzen. Für die Fotos eignen sich doppelseitig klebende Fototapes. Diese solltet Ihr auch für andere Erinnerungsstücke verwenden.

Egal wie klein und zerbrechlich
Erinnerungsalbum für ein fehlgeborenes Kind

Autorin: Dr. phil. Heike Wolter

2., veränderte Auflage 2013

Anschrift edition riedenburg, Anton-Hochmuth-Straße 8, 5020 Salzburg, Österreich
E-Mail verlag@editionriedenburg.at
Internet editionriedenburg.at

Umschlaggestaltung, Satz und Layout: edition riedenburg
Herstellung: Books on Demand GmbH, Norderstedt

ISBN 978-3-902943-03-3

Liebe Eltern!

Ich wünsche Euch, dass Euch dieses Erinnerungsalbum auf dem langen und oft schweren Weg Eurer Trauer um Euer geliebtes Kind begleitet. Es soll Euch helfen, zu heilen und Euren Frieden mit einem ganz und gar unfassbaren Schicksal zu finden.

Die Idee zu diesem Album ist entstanden, weil ich nach dem Tod meiner ungeborenen Tochter mit einem Babyalbum vorlieb nehmen musste, das von mir verlangte, den ersten Schritt, das erste Lachen, die liebsten Kindergartenfreunde festzuhalten. All das gab es bei uns jedoch nicht, und so war es mir manchmal unerträglich, das Album aufzuschlagen, um all die Leerstellen zu betrachten.

Dieses Album erinnert an Euer Kind, das innerhalb Eures schützenden Bauches nur kurz – und außerhalb gar nicht mehr gelebt hat. Es bringt ihm jene Aufmerksamkeit entgegen, die auch anderen Babys zuteil wird, stellt aber andere Erlebnisse in den Mittelpunkt.

Die folgenden Seiten bieten viel Platz für Eure eigenen Gedanken und sollen in ihrer Offenheit ein einladender Platz sein, um Ruhe in der ganz privaten Erinnerung an Euer wunderbares Baby zu spüren.

Wie gering Euch auch die Erinnerungen und Begebenheiten mit Eurem Kind erscheinen mögen, Ihr hattet Träume und Pläne mit diesem Baby in Eurer Familie. Wie wenig Ihr auch in den Händen haltet, Euer Baby war real. Es entstand mit der Unendlichkeit an Möglichkeiten des Wachsens und des Werdens. Wenn auch nur für eine viel zu kurze Zeit.

Heike Wolter

Inhalt

Die Schwangerschaft mit Dir 5
Dein Tod 13
Deine Geburt 17
Erinnerungen an Dich 27
Abschiednehmen 33
Deine Familie und Deine Freunde 39
Unsere Gedanken und Gefühle 45
Deine Jahrestage 53
Unsere Hoffnungen und Träume 57
Trauer und Gedenken 63
Tagebuch 73
Loslassen 91

Die Schwangerschaft mit Dir

Dann haben wir von Dir erfahren:

So haben wir von Dir erfahren:

Unsere ersten Gedanken:

Das haben wir zuerst gemacht:

Daran hat Mama gemerkt, dass sie schwanger war:

Hat Mama Dich gespürt, haben wir Dein Herz schlagen sehen?

Haben wir uns vorgestellt, ob Du ein Mädchen oder Junge wirst?

Wichtiges aus den Vorsorgeuntersuchungen:

So warst Du in Mamas Bauch:

So haben wir uns das Leben mit Dir vorgestellt:

Das haben wir für Dich vorbereitet:

Das bist Du im Ultraschall:

Daran erinnern wir uns besonders aus der Schwangerschaft:

Dein Tod

Dann bist Du gestorben:

So alt warst Du, als Du gestorben bist:

Deshalb bist Du gestorben:

Diese Menschen haben uns begleitet:

So haben wir Deinen Tod in Erinnerung:

Deine Geburt

Deine Kosenamen:

So wollten wir Dich später einmal nennen:

Dein Name und was er bedeutet:

Datum Deiner Geburt:

Zeitpunkt der Geburt:

Ort der Geburt:

Dein Gewicht:

Deine Länge:

Kleine Besonderheiten an Dir:

Diese Menschen haben uns begleitet:

So haben wir Deine Geburt in Erinnerung:

So haben wir uns gefühlt, als Du geboren warst:

Jedes Leben

ist in der Tat ein Geschenk. Egal wie kurz, egal wie zerbrechlich, jedes Leben ist ein Geschenk, welches für immer in unseren Herzen weiterleben wird.

Hannah Lothrop

Das bist Du

Hier ist Platz für ein Foto, eine Zeichnung oder ein symbolisches Bild für Euer Baby.

Manchmal

verlässt uns ein Kind, das den Ruf von drüben lauter vernommen hat als die Stimme ins Leben.

Ruth Rau

Erinnerungen an Deine Geburt

Hier ist Platz für einen Segensspruch, eine Erinnerung vom Geburtsort und Ähnliches.

Erinnerungen an Dich

Geburts- und Todesanzeige

*Vermutlich habt Ihr keine Geburts- und Todesanzeige veröffentlicht.
Aber vielleicht möchtet Ihr dies für Euch nachholen.
Welche Gedanken möchtet Ihr Eurem Baby mit auf seinen Weg geben?*

Die Mitte der Nacht

ist auch schon der Anfang eines neuen Tages.

Johannes Paul II.

Erinnerungsstücke

Hier ist Platz für erhaltene Briefe und Karten oder Ähnliches.

Abschiednehmen

Ich bin die sanften Sterne,

die nachts leuchten. Stehe nicht an meinem Grab und weine. Ich bin nicht dort.

Gebet der Hopi-Indianer

Datum Deiner Beerdigung:

Zeitpunkt der Beerdigung:

Ort der Beerdigung:

Pfarrer, Redner:

Musik:

Rede, Gebet, Gedicht:

Diese Menschen haben uns begleitet:

So haben wir Deine Beerdigung in Erinnerung:

Dein Grab:

Deine Grabinschrift:

Andere Plätze der Erinnerung:

Deine Familie und Deine Freunde

Deine Hand, meine Hand,

du berührst mich, ich berühre dich.
Auch wenn wir getrennt sind, sind wir für immer eins.

Julie Fritsch

Dein Familienstammbaum

*Du bist Du, doch gleichwohl eingebettet in den Schoß Deiner Familie.
Auf Dich haben sich viele gefreut, die nun Großeltern, Eltern,
Schwestern und Brüder eines kleinen Engels geworden sind.*

… und allem Anfang

wohnt ein Zauber inne, der uns
beschützt und der uns hilft zu leben.

Hermann Hesse

Diese Verwandten stehen Dir besonders nahe:

Freunde, die sich an Dich erinnern, sind:

Unsere Gedanken und Gefühle

Traurigsein heißt

überhaupt nichts wollen und auch nichts nichtwollen. Es heißt nur Traurigsein.

Erich Fried

Unsere Gedanken und Gefühle

Die Liebe für Euer Baby bleibt. Doch allzu rasch verblassen viele konkrete Erinnerungen an Eure gemeinsame Zeit. Hier ist Platz, Eure Gedanken und Gefühle niederzuschreiben.

Es geschieht, dass eine kleine Seele

die Erde nur streift. Ihr Ankommen und Gehen fallen fast in eins.
Ihr kurzes Verweilen ist nicht umsonst, denn sie verändert die Erde.
Sie hinterlässt Spuren in den Herzen derer, die sie erwartet haben.

Doris Kellner

Gedichte und Zitate

Diese Gedichte und Zitate sind uns besonders wichtig:

Deine Jahrestage

Dein errechneter Geburtstermin:

Mögliche Geburtstage:

Dein Sterbetag:

Weihnachten:

Mutter- und Vatertag:

Weitere wichtige Daten:

Unsere Hoffnungen und Träume

All die Hoffnungen und Träume...

die sich nun nicht gemeinsam mit Dir erfüllen, machen uns traurig.
Doch wir denken daran, was wir Dir mitgeben und wie wir Dich begleiten wollten.

Trauer und Gedenken

Wir trauern um Dich

Während der schwierigen Zeit unserer Trauer hat es Menschen gegeben, die da waren, mitgeweint und für uns gesorgt haben:

Ich komme aus dem Land

von Gestern, und bin auf dem Weg in das Land von Morgen. Dabei muß ich mitten durch die Länder der Menschen reisen. Und ich frage Euch, ob Ihr mich begleiten wollt.

Arndt Alberti

So gedenken wir Deiner

Hier ist Platz für eigene Gedichte, einen Segensspruch, das Programm eines Gedenkgottesdienstes oder andere Zeremonien für Euer Baby.

Und wenn du dich getröstet hast,

wirst du froh sein, mich gekannt zu haben.

Antoine de Saint-Exupéry

Du bist nicht vergessen

Das schreiben Dir Verwandte und Freunde:

Tagebuch

Wenn man

seine Eltern verliert, verliert man die Vergangenheit;
wenn das Kind stirbt, verliert man die Zukunft.

Anonymus

Tagebuch

Wenn man zum Leben

Ja sagt und das Leben sagt zu einem Nein, so
muss man auch zu diesem Nein Ja sagen.

Christian Morgenstern

Loslassen

Es gibt so Vieles...

... was wir Dir noch sagen wollten. Zum Abschied schreiben wir Dir diesen Brief.

Was unser Denken

begreifen kann, ist kaum ein Punkt, fast gar nichts im Verhältnis zu dem, was es nicht begreifen kann.

John Locke

Quellen der Zitate

in der Reihenfolge des Erscheinens im Buch

Hannah Lothrop
Gute Hoffnung – jähes Ende. Fehlgeburt, Totgeburt und Verluste in der frühen Lebenszeit. Begleitung und neue Hoffnung für Eltern, Kösel, München 1991.

Ruth Rau
Veröffentlichungsform unbekannt.

Papst Johannes Paul II.
Veröffentlichungsform unbekannt.

Gebet der Hopi-Indianer
Veröffentlichungsform unbekannt.

Julie Fritsch / Ilse Sherokee
Unendlich ist der Schmerz, Kösel, München 1995.

Hermann Hesse
Und jedem Anfang, in: ders., Prosa und Gedichte, Kösel, München 1963.

Erich Fried
Traurigsein, in: ders., Das Nahe suchen. Gedichte, Wagenbach, Berlin 1982.

Doris Kellner
Veröffentlichungsform unbekannt.

Arndt Alberti
Die große Reise der kleinen Prinzessin, Baumhaus, Frankfurt 2007.

Antoine de Saint-Exupéry
Der kleine Prinz, Rauch, Düsseldorf 2000.

Anonymus

Christian Morgenstern
Gesammelte Werke in einem Band, Piper, München 1981.

John Locke
Was unser Denken, in: Stefan Knischek, Lebensweisheiten berühmter Philosophen, Schlütersche, Hannover 2008.

www.ingramcontent.com/pod-product-compliance
Lightning Source LLC
Chambersburg PA
CBHW080733020726
47503CB00010B/2896

* 9 7 8 3 9 0 2 9 4 3 0 3 3 *